sleeping cloth
スリー　ピング　クロス

著者
田中さとみ
（たなか・さとみ）
詩集に『ひとりごとの翁』『ノトーリアス グリン ピース』（ともに思潮社）。

二〇二四年十一月十一日　第一刷発行

発行者　小柳学
発行所　株式会社左右社
東京都渋谷区千駄ヶ谷三丁目五五－一二ヴィラパルテノンB1
TEL　〇三－五七八六－六〇三〇
FAX　〇三－五七八六－六〇三二
https://www.sayusha.com

印刷所　創栄図書印刷株式会社

　ISBN978-4-86528-433-1

でも、涙を降らす「雨」のように純粋な氷の上に黄色い花が浮かんでいるお菓子があるというので泣いているふりをしている

口のなかで露に濡れた緑を遠くから見つめるナスの馬が走る鼈甲飴の中に閉じ込められた泡立つオカメがはまのまなごのやはり微笑んで眠るための目覚めるための歌を透かした

雨のことが載っている辞書を捲る水牛珈琲がスケルトン構造の拍を刻む

五色の耳を回転させて、ねこみみの、

〈せみまる〉もニャウシカもツ（ぽ）ミがどこかでひらいていく

ダンスする　ころ（薄鼠）んだ　ころん（墨雲母）だ　よろ（浮世雲／バナナブレッド）こんだ

たなびくMIUMIUの〈中心《スノードーム》〉に雪ソソがるるコロン。コロン。描かるるコンパスの遠景《円形》が‥

（∞に首を振って系となって吐き出されていく　、

ペールイエローの目の見えないひんやりとした紙の感触に〈せみまる〉は頬をよせる
茶毘紙の別の次元《ページ》からきたお伽草子のLyraの蚕蛾の翼の弦を爪で弾く
「白い包帯が俺からほどけていく、　雁が音のように包帯をほどいてくれ」
でも、　春には縞々のしっぽの草原のうえを摺り足をして這ってくる芽が見えない
ニャウシカに桑のポップコーンを与えると嬉しそうに口に含んで語られていく

sleep talking

ただ時々、口遊む、数列を、身を委ねた型紙は決まっていて、出来上がる衣服《ホログラム》を引き受けられるかということ

膝頭を割る、球体関節を曲げながら椅子に座る、解けかけた白い包帯を身体中に巻いていた縞々のしっぽのような

なにか、「クククククッ」、透明な手を避けながら、引き出しから薄桜色の小さな爪をした薬指の薬草を盗むと

ポケットに、〈せみまる〉

PCにつながったシンセサイザーを不眠症のホログラム技師が弾く

引き出しが開け閉めされる騒々しい温室にポルノグラフィティが降る室内

分解された球体関節人形の身体の一部、完全な客体としての、無垢な、小指、象牙のような滑らかなトルソーや大きな臀部、黒い螺旋階段のようなヘッドドレスが納められていた、引き出しの中には

これには鍵が必要。南京錠のついた、菌糸の冠を戴いた瞼を閉じた、0.00001ミリほどのある頭部、紅い唇を一文字に結んだまま死んだように眠っている、葉ぼたん

そのはざまを6本の透明な手が伸びて大急ぎであちこちの引き出しを開け閉めしている（時々、ふーっとため息を吐きながら）

（おはぎ猫の片割れの温室の中には薬草だけが育てられている）

（おはぎ猫の片割れの夜伽の中には毒草だけが育てられている）

それは、すでに、そのように破線しており、空菫巡礼神宮（テレプシコーラ）の

その内に潜在していた島唄製のカミナリ手漉き鳥の子　内に秘められた柔らかな鞠の芯を見つめるように

年々若くなっていく廃墟　ミドリガメの着ぐるみを着た温室

ゆるく以前と変わらぬ姿をとどめたままペルム紀へと歩む瞼をつぶると踊るElvis Presley

almond paraiso

扉の前に佇んで黒い柳の袖を頭上に翳している。社壇の。龍のうろこが二、三枚。首をかしげる裏葉色の餡子は水のあかるさをいつでもトマトのことを祈っている

少女のよう／な少年が黒い蝙蝠傘を差してクルクルまわす内側に蜘蛛の巣が描かれていた裏参道を歩いていく
橋を渡ると浮かぶ青白い顔を憂鬱そうに俯け赤い瞳が夢だけを見ていたためか溺れている
不揃いに波打つスカートの汀には十字架が刺繍されていて

「シーナが教えてくれたんだ。誰も祈ってなどいない。あるのは欲望だけだって」

1 2 4

4

Lyraの翼から奏でられる重層的なchiffonのタブ

爪で弾く白い蚕蛾のような猫?だろうか

そのまま衣を羽織ると軽やかに、透明になって、芽を瞑ると見えてくる、文字　蛾

縫い込まれていくイト 鳥籠のからだに日々の光景が滲んでいくthe little birdの生地は湿地の嘴で羽繕いし刻々と変化していく輪郭線はながるる空気のボタンを外してひととせの餡子のシャボン玉の散歩する身体にボタンをつけるドローンの垂れた紐をもやい結びすることによってマカロンの姿を明滅させるファスナーであった「パラレルワールドの中で移動できる衣があるようだよ」小さな龍のパルフェのフローしていく鏡音の姿六つの円相となって踊るunder the s(e)wing machineメビウスの輪のように絡まっていく新世界が伸び縮みしている結び目のribbon、リズムをとりながらテキスタイルから羽ばたいてい、くthe little bird……架空の地図をマッピングする飛ぶ身体が羽織っていたのは表地でもない裏地でもない誰も知らない Lilas

架空の地図をマッピングする飛ぶ身体が羽織っていたのは表地でもない裏地でもない誰も知らないイド

イト?

餡子という犬は見えないダンスを踊っている　pathos

「星座は平面的に見ると同じ位置に星が並んでいるように見えるけど、実際は結び合わせた線にもかかわらず互いの距離は何光年も離れている」

とてもいい気分でとてもいい光がたたずんでいた　の　　尻尾の蝶

「それって、スターシステムのことで、だから僕たちはいつまでも交わることはないんだった」

メカニックな　logosの薔薇窓〈りゆう氏〉という御神体の粒子
　　御簾の奥に控えていた（つるん）とし　た　1センチ程の円の表面のテレビの　　　小さな龍のパルフェの　フローしてい　く
鏡音　の姿

「ぼくはりゅう氏です」

少女のよう／な少年が湯浴みをしているところ
　　その衣をとって駆けゆく　ケ／モノの姿　　羽織ると軽やかに
透明になって飛んでいった　攻殻機動隊のような　（コルセットの
　　　　　　　　　　　　　　ただ湯気のあがった柔らかな身頃と
言葉だ　けが　残　されて

「私よりも、キミは一層若くなる、書肆で」　　　　　0.8ミリの
熾天使が落ちゆ　く　、カーディガン（紙庭）の
　　　　　　　　　　水面から浮き上がる　crown　とみたらしの
水の玉　が重力に逆らって浮き上が　った　　球体の本　殿があり

　ドローンに取り付け　たカメ　ラの奥の瞳か　ら　水泡の御簾の
鉄観音の奥をじっと見つめる　見つめ返す　人差し指で触れながら
ピントを合わせ　　自動人　形（オートマタ）の液晶モニターとカ
チリ合う

under the s(e)wing machine

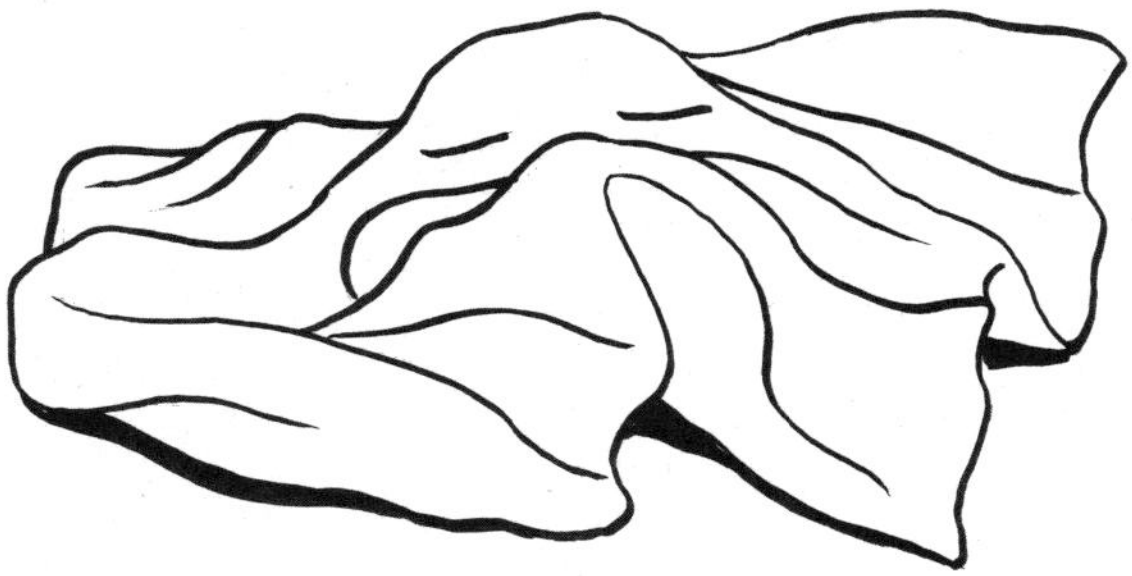

小さな叫び声とともに、駆け降りると、布地の鋭いシルクレーヨンが生えた爪、背中にインディゴで染めた三連符をつけた鳥人が土を掻きむしってshgigqwerを吐いていた

思わず目を背けてしまったクルミの後ろからせんべいが覗いている、二人の間、シーボーズのようにクルミの姿は崩れ去り、語りだされていく、ポツポツと浮かび上がる、水滴の矢車菊が空に上っていく、他者の、眼差しの、不幸、

キミの　揺れ　る瞳のなかに　茶畑が段々に続いていく　水牛　釦　クルミはミルクを抱きしめていた長い讃美歌でもあり　眼差しが再現されていく　小さな駅《sioux》を通り過ぎて　線路に耳を当てて、、崖下の炭焼き小屋に恐るおそる降っていく‥クルム

「罠が仕掛けられている。罠にかかると、足を切断しなければならない」

と〈こむぎ《ヘロイン》〉に言われていたのを思い出した

4

円盤の呪言が絡まる　胡粉色の鶴草に覆われたクレーターの荒れ果てた月の廃園に堕ちる　触れるとやさしい和紙の鹿の翼を癒している植物が芽をだす　悪心の天使であった蓑笠の　月では物質の重量感や存在感は削ぎ落とされてすべてふ　わふわのおもちゃになっていた

おもちゃ箱のソフトウェア・ガジェットのふたをあけたのだーれだ？

38ナノメートルの無数のzombieのmouseたちがことほぐざわざわのシアープリーツの　誰かの夢のアミ目か　ら掬いとられる骸ク　タの祈りの戯言が形作られる純　粋理念へと統一されてハルの音ズレを告げて溢れだ　す円盤か　らちいさな羽根を広げて空中に羽ばたくツルを伸ばし　た赤い頭頂の葉の上の3cmほどのシルクハットをか　ぶった透明な精神にsleeping clothを羽織ったのは、〈ゆい《結衣》〉

リバーシブ　ル仕立ての生　地の真ん中にある静止軌道ステーションの十字架から水の糸がジグザグにあふれ出す噴水が地上へと下降する　し　たたる飴　の「この世界にわたしたちの居場所がないのなら」と悲観したフレアスカー　ト　の襞が不安に揺れる　波間　の　海上ターミナルに生える杉の下　枝に結びつけられ　た水糸のケーブルに　手をか　けた　クライマーのジッパーがエモーショナルに天上へと押し上げら　れる　「どこかにハッピーエンドを迎えた〈天国〉があるはずなんだよ。それ、ゲームの話しね」　世界と世界ならざるものの交　差点に位置したところか　ら地球を見下ろす三つの瞳の猫〈ぞろめ〉のスロットのように回転す　る　瞳が　裏地にプリントされ　たクリームいろの天　秤の上をうろついてい　る

38ナノメートルのzombieのmouseたちのおもちゃ箱のソフトウェア・ガジェットを大切に抱えてい　た

流れるま　まにヤシの実と漂流す　る　る

ポール・マッカートニーの円　盤

鼻歌をうたいながら　　　更新されていく言葉　を棹にニャウシカ　が　異人としてたどり着いた（二つあるうちの新しい）月の廃　園

因果律が崩壊して　い　った羽の生えた　プログラム（EV）の　螺子が回り動き出す　壊れたナイロン混のメロディが流れて（あるいは、氷のなかでとける錦鯉）更新されていく　一つの運動として組み込まれていた

ソーシャルネットワークのよう　に鏡に反射する画像や文　字の豹の蕊のように増幅してい　く骸クタ

月の廃園

「不幸な人間たちのために彼らが歌を歌っているのか、それとも彼らの歌が聞きたいから不幸なふりをしているのか、
俺は知らないよ」

無数に中心があるのに円周はどこにもない、見えない円がくるくる回転してドームの中を漂っている

カサネとスワンは火星の植物のように手を繋いでいた

「あれはネンモウの衣《NH27-1》だよ。どこにも裁断したあとも、縫い目もない人間には作ることのできない…天衣無縫の…」

山の頂にあったマンホールを開けお香の匂いする地下に続く螺旋階段の経文を降りていった

サーカス小屋の中ではピエロのイラストが書かれた毛布のレスラーが俵や力石をお手玉のように持ち上げてくるくる回している柳田國男のデジタルクローンであった千菓子の語りを空中ブランコで逆さまになったまま歌わせられている秘仏がいた

「でも、やる気なんてないんだよ」

金星から地球へヤマトの配送のバイトをする途中であった

　ガラスのドームに守られた火星の植物を落としてしまった

割れたドームの中に入っていた植物は重力に押し潰されてみるみるうちに枯れていく

金星では住居区画全体をスッポリと覆ってしまう笈が建てられていた
空気や気温が人が住めるように一定に保たれている

（笈は球とも呼ばれている）

笈の中にマトリョーシカの山がありその山の中に小さな山がその山の中に小さな山がその山の中に小さな山のサーカスがあった

地上から山の頂を見上げるとネンモウは喩を飲む

パピルスの繊維とタンパク質とカルシウム、メモリーチップ等が化学結合を起こして月白色に染まる毛の生えたあまいミル《笈》ク寒《摺》天を物干し竿に干すように

呪文の記録されたSDカードをミルクの入った器にひたして柔らかくしてから飲み込む

03 火星の植物

水の家は崩れ呂律のまわらなくなった

知らぬ間に赤い小菊が頬の流水にいくつも浮き出ていた冷酒を手にしていた童童は酔っ払っているみたい

鯉の弾力があ　る　家が巻物に浮かびあがる水であっ　た　大きな池の上に渡り廊　下が巡らされて　それは泳いでいたし　牡丹鼠色の5Gの施され　た漢　服を着ていた　小さなカサネが　橋を渡って大きなお屋敷へ　と針は糸と手を結び　しずし　ずと向かってい　く
天文台があるようだ

水を両手に掬う動きであった　望遠鏡を覗いている
そこには月が映っており　カサネはそれを大切に眺めている

「ぼくは恋をしてしまったようなんだよ。その気持ちをずっと告げることもできないけれど。大切にしまっておくんだよ」

それは真円でできていた　二つあるうちの　新しい
月には天文台が作られてそこに眠る

粉　砂衛《キョンシー》　星糖がふりかけられる　サラの上で指先を伸ばしてくるくる廻転する　地球が窓の外に見える

つぎはぎだらけのボロ衣を着ていた
童童はパスワードを入力すると机上に置かれていた絹布の巻物が広げられる
「心や魂が入るのだよ。墨絵が描かれた巻物はハードウェアで、絵の隣に記されている譜はソフトウェアで、謡うと・・」
首をゆらゆらさせてとがった小さな口を花のようにひらいた

Type-β

中庭のとけ残っていた　残雪は　眉　毛がハ　の字にとけていく　草達磨と　情けない顔した雪だるまを作ってい
た　つかの間コンペイトウと戯れた紙は　なんだったのか　火をつけられたまま水のなかで文字は無量にとけ　る

「劔鎧童子。」

「笑わすなや。」

「一茎九華。」

「Îris」

「もっとの。」

〈1人称複数の衣〉　のクルク　ル流れる一露、

tackle　tackle and be a good

「真空を満たす」

内容《カナ》や意味《ナカ》が消える

「　内側からつつみこむように被せ　られた　」

クズ　キリの粒子がリュウ　ニュウしていくコト　パ　黒蜜花の五重の塔　｛　揺れる采女のオモテを映じていく水に袖を浸してス　スみとる　煤みとる

仮想世界と現実世界の境界　が混じり　ビルの映像のルビが水面に崩れてい　く

「カナシミを掬いとって流れてい　った」

「噂では、大僧正さまは、夢の中で男を囲っているそうですよ。聖職者というものがふしだらです、淫らです。時々、その少年があらわれる夢を見るそうなのです」

「だけど、その夢の中の少年は三百年前に実在していた少年で、大僧正さまは夢を見ているのではなく、過去のある瞬間に目を覚ましているのだそうなのです」

೦ ೧ ೨

೩

ウサギ孔に
そして墜落していく
ベアブリックの
クレーンのような
木綿四手が
上昇する
ホシバナモグラの
十七音の

角砂糖の
幽玄は
薄荷色の
機械に
結びつけられる
揺れる
図版が
石になる

草達磨が白砂に熊手で線を描き水の流れをあらわしていく

「三毛猫の定義っていうのは色が3色あることなんだけどね」

「大吉が出たのは人生でこれで三回目やった」

　　　アン　・　ドゥ　・　トワ

タキシードシャツを広げる　と§枯　山水が現れ　る

　　　　　　　　　　　　　　　　　求心と遠心

「空《0》」を「ある《R》」に変換する　　出現と消滅とを繰り返す

燕尾服にタキシードシャツを合わせ黒いタイを結んだ、細い手足が影のように伸びて、揺れるまつ毛のあいだには
ガラス玉の瞳が埋まっている、ただ虚空だけをみつめていた、若草色《きらきら》の草上をステッキを握って歩いてくる

ローマ時代の僧院

のような造りをしていた　　渦巻状にコリント様式

の柱が続く石の回廊　　中心には　吹き抜けのアト

リ　ウムがある

回廊には円窓があり中庭が見える　その向

こう側　を覗くと　と

「ユリウス暦810年。」

「たねもしかけもあります」

あまりにうつろであまりにうつくしい

呼びかけても答えず。

鶫を抓る。自分と瓜二つの人形を見つめながら采女は陽の入り《あふひ》のように首を傾ける。

そっと座した人形の身体にクリーム色の名古屋帯（紙飛行機）がしめられていた
帯のあいだから水色の帯揚げが涼しげに嗤う偽伊右衛門

「なべづるの。」

「玉簾の領域。」

「たねもしかけもありません」

はじめから目をつぶっていた。開くことはない。

深緑色の　紬　の着物がし　ずかに息を吸うよ　うに水を吸っては光を帯びグラ　デーションしてい　く　（木星
と土星と天王星が　茶をたて　る）　のの字の軌道をゆた　りとえがいた長く黒い　髪（珈琲）なぜてい　た
ここに采女

あるいはまた、途切れることなくその軌跡を思い出す

紙縒《ミイラ》　をハサンだ　ハズレ　の暦も　う誰も住んではイ　ナイ　ハナ　レ　がありまし　た

ローマ時代の僧院のような造りをしていた　　渦巻状にコリント様式の柱が続く石の回廊中心には　吹き抜けのアトリ　ウムがある

「かけがえ　のな　い日　々ということを　あなたは忘れている」

草達磨が　説法をし　ている　鞭　の牧草のにおい中庭に向かうと水盤の千利休を傾けた　黒いガーターベルトの霰

見上げ　ると空に羽状縫い　の火と水が互いに生　毛を縺れさせながらピ　ンが垂直に堕ろされ　るハ　ネを固定され　て逃げることのハナ　†　ナイ刺繍されてい　くある断　片

草達磨と残雪

チとりのつ（ぽ）みはまるまる青海波のｔａｎｎｐｏｐｏのテキスタイルに円を三つ大社作りの軸足のヒコバの針で回転するコンパスで描きだす円をハサミで切りとる三つの円が2点ずつ接するように縫い合わせる円の中心にコンパスを射し舞姫は三つの円を包むように大きな弧を描く泡いい色の本殿は消えていく‥
‥乖離しないように中心には〈**つけ髭**〉と呼ばれる葉緑素を備えた双葉で固定する物語は無数に語られていく

三つの円に接するところに円が次々に描かれていく

円は無限に広がって繰り返し語られる回転する歩行でもある

部分は全体と相似性があり中心はいくつもある外周が消えると

くるくると三つの円が回転し〔第４形態〕羽《ふ》裏《ぶ》の「ゆうれい」が発生する

りんごのちいさなうさぎのホットドッグが手をひいてキクリを連れていく 「戦争がはじまるのかな？」 狛犬のような顔色をした街の上空から菜の花いろのビームのレースが頭上ギリギリをかすめていく 「カミキレなんだ、神切れ」 ここは夢の中なのか眠気まなこにひとみをこする　慌てて家から持ってきたぬいぐるみを抱きしめて、、100メートルほどの大きさの手のひらが空からぬっとのび合掌している、、「いつも祈っていたのは」 ポケットに入っていたガラス玉を穴の空いた眼窩に嵌め込む冷んやりとした感触がして知らぬ間に対岸にククリが映っている、、グリーンアーミーメンたちが銃を抱えて走っている、タミヤの1/35スケールの戦車プラモのタイヤの下につぶれた花が咲いていて、その花を手にしているククリは「君が笑ってくれたらうれしい」よ。かをれる　かるろ　のゆ　き　かおるる　はな　のたると　のかけら　かわらけの子供が呪詛を唱えてい　る　ぬいぐるみの体のなかに雪がバレッドがテロが降り積もる冷たさにのろわれてもキミはかわらない変わらぬ笑顔があるのだった　すべてを唱えおわると雪は溶けていてキクリの身体のなかには花が降る　花が目の前でひらく　この世界で最初に花を見つけた人々はどんな花の音色を聞いたのかな　身代わりのぬいぐるみを抱きしめるキクリは、

みずレモンに憤《ふ》裏《ぷ》の「ゆうれい」がとまり果汁を吸っている、笄に酸硝子

9 黒式

キャベツの顕微鏡から透けてみえていたのは
庭の縁側に座っている　基督の像　　が柔らかく茹でられて　、
　眼光から光線が出ていたのだろう
光線はプリズムに反射され屈折する真夜中の虹へと
　　　　　　　　光は大きく曲げられて　暈　をつくる
　　　　　　　「Spring calls the name.」
縁側に座って眺めていた
　　　　　　　(在りし日のことを
　　　　　　　「The fuck glass patorol」
思い出すように唱歌を口ずさむ、stella

五百羅漢の像が佇む苔むした、スペースシャトル
ホノカの視点はいくつかあり、じっと腰を据えて見つめている、
苔が身体中を覆っていてる、
　　　　鴨の羽　の　ミドリの宇宙　服
揺するフラスコ／wormholeから透けて、窒素のサクランボの薬品が注がれる、
　無重力状態で　デヴィッド・ボウイ　手足を広げて旋回する
夢の中で見たことがあった　　　　　　　　　（音なしに
　　　　　　　　少年は　宇宙飛行士になって　いた
窓から見えるのは、包まる、月の葉の、

毎週ドラマを見ているような感覚だった

ホノカの目線は　、　カメラの立ち位置であって、
けっしてその夢の中の登場人物たちと接触をすることはできない、

時々、場面は転回し、物語は数日後に唐突に変わっていたりもした

（植物相

願うとその夢の続きは見られた　　揺する伽藍から透けて、見たことがある、
フラスコの星のカービィーの水素、
すべての観覧車から揺れる植物のゼリー　が押し出される
見たことのある、知っているものが時々、その夢にはあらわれて
　白い髪の少年と少女の姿

(green) daphne

家に帰って畳の上に子猫たちを置くと、そのうちの1匹は週刊少年ジャンプのうえに座って、新しい家のようすを眺めていた

窓の外には庭に母親の姿があり洗濯物を干している
ガラス越しだからふしぎと歪んでみえたのだろうか
母のうしろ姿はいつもこうだった
〈せきえい〉はくびをかしげる
サンダルを履いた足元は何度見てもやはり地上から10センチほど浮いているのだった

紺絣の着物を着た石屋の息子は5匹の子猫をダンボールの空き箱に入れて家に連れて帰ってきた
双子の姉弟にダンボールを押しつけられた
そのままあわてて逃げていく彼らの後ろ姿
ダンボールの中には子猫たちとメモが入っている

子猫の声はすべての余白を満たすレース柄のこみ上げてくるよろこびとかなしみの動画のうつくしさの巻物

〝たいせつなものはいつもかたわらにあります。こねこたちのおかあさんになってください。なまえは、〈ぞろめ《三つの瞳》〉〈ゆい《結衣》〉〈こむぎ《ヘロイン》〉〈せみまる《びわの名手》〉〈せきえい《ミミが半透明》〉です。〟

おはぎ猫の分裂した片割れの温室はいつの間にか子供ができていた

けれど温室は育児放棄して子供を残したまま何処かへ行ってしまったようだ
軒下の草むらに朝露と一緒に濡れていたのをキクリとククリがみつける
にゃーにゃー絡みつくような声をあげてキクリの腕をひっぱる子猫たちの鳴く声にどうしたらいいのか分からない

「子供だけなんだよ」
「トマトが食べちゃうかもしれない」
「だれも救えないよ」
そうして互いの顔を見合わせては長い滑り台のようにゆるやかに考え続けていた

「そういえば、おばあちゃんはカーディガンに空いた穴を赤い糸で繕ってはハートや星の刺繍をしてくれていた」

9 母のうしろ姿

夜空を見上げると三つの丸い輪っかが回転しながら〈中心〉から離れていく

summary of all summer

夏休みの終わりに彼らは宿題の絵日記にとりかかっていた
キクリはククリの耳元で囁き　ククリもキクリの耳元に囁き返した

山と村との境にあった水蚕ノ社が夜にもぽろぽろ光っていた水泡は社の中で願いを叶えるための泡沫、
〈水槽〉の中を漂っては消えてゆく

トマトと餡子、二匹の犬たちは、キクリの言うことも聞かずに木々のあいだに入っていった

数分して顔を出したトマトの口もとには、酸味のある唾液とともに〈**つけ髭**〉を咥えていた

「丁寧な祈りの果てに、俺は、悪魔になるだろうよ。だが、いま殺せ。その化石を博物館に飾るといい」

その日、キクチキクリは山から大きな木の棒をとってくると、その棒で土の道に線を引いていた
双子の弟のキクチククリも後ろから棒を持って同じように線を引いて、キクリを追いかける
習字の先生をしていた祖母に教えられた文字を描いていた

かをれる　かるろ　のゆ　き　かおるる　はな　のたると　のかけら

山と村との境にあった水蚕ノ社がぽろぽろ水泡のために光っていた

木々のあいだから風裏《ふぶ》の「ゆうれい」が顔を出していた
丸い輪っかが三つかさなった〈中心〉に髭のようなものが生えていていて
それは〈**つけ髭**〉なのだと、祖母は教えてくれたことがあった

「いいこともします。わるいこともしますよ」

「善人の頭の上には煎餅を落とし、悪人の眼前には花を差し出すんですよ」

9 パレード

“夜伽”と少年は名付けた

(朝起きると見知らぬ猫が布団の中に入っていたから)

おはぎ猫の片割れの夜伽の瞳は、一つだけ

顔の真ん中にまるくて大きい、星がいくつも入っている瞳が

あって、瞳の中は永遠に夜、スローシャッターで長時間露光し

て撮ったように星の（text）軌道が時間の経過と共に虹を描き

伸びていく記録されていたククリは（円を描きキクリは球体を

あらわすピース）瞳は空を...見上げているだけ

2

百式

360°円形パターンの透明なスカート
の周囲にはぬいぐるみが縫い付けら
れ円卓を囲みながらお茶会をしてい
るテンプラのぬ《リ》いぐ《ム》るみ《セ》たちはビス
ケットをこぼし中空のまわりを巡回し
ている桜に恋愛相談透明なスカート
は映写機により画像は順次に切り替
わっていくおしゃべりは終わらない

(8 8 8)　　(6 7 3 4 99 14)

縫い合わせたその中央にハサミで穴を開けるとそこから無数のsoundsが溢れだし

side-Qとsuicide-Rの断面をつなぎ合わせる水糸と砂子を散らしたfire-melonの根で紡いだ糸を、風通しのいい、

針穴に通し、

何種類もの素材でできたtextをテキスタイルに縫い込みそのラクガキが何を意味しているのかハンバーガーのぬいぐるみ《ウポポ》と謎解きをする観察者と行為者という関係ではなくて糸を手に結び互いに言葉を編み絡みあったところで良いお爺さんと悪いお爺さんが笑いながらほどけていくという遊び

๐ ๑ ๖

า

(0　0　3　19)

その布地は茶褐色の鉄分を含んだ土壌から染め上げ釉薬を一切使用せずに高温で焼き上げたために記憶の性質に
よって色味が変化していく平面的に増殖していく生きものたちのざわめきのうた個々のものがたりが刹那に滲む偏
光色もう「対話」や「筋」が消えてしまった布地にチャコペンで下絵を描きそのうえに絹や更紗の布を図柄にあわ
せて内側に折り込みながらからみ縫いをする

（下ノ苔音）

型紙に布地を合わせるとSide-Qの断面は水位が上昇し四角形を作るように折り合わせられる迫り上がるハローキティの海水をキューブに封じる解像度は粗く固定されたCPUが縦糸に横糸を通して情報処理をしていくstemの中に隠されたメモリにデータが一時的に保存するツタに内蔵されるグラフィックボードの光に敏感に反応して映像を自身のなかに書き込こんでいく

suicide-Rの断面に歪みが生じている

キューブに封じたSide-Qの書き込まれた映像の断面の上部を型紙に合わせて裁断していくベティ・ブープがそのフリルとなって流れていくスペースオペラの木星は内世界で眠るための目覚めるための歌を透かした写真、写真、シャツ、水が溢れて像が消えていった非人格的なすべて、聖なるもののまばたきをして公転する網膜のプロジェクターをOFFにする幻は空は水が登っていく

小さなthe first flower peopleがタロットカードの上から7枚目を右側に置く
残ったカードのさらに7枚目を、左手に置く

ダイスを振るう

水の糸を吐く時、

水蚕は十本ある触手を合わせるようにして顎を上げた

(9　1　2)

タ　トロッタの柱を作る

四隅を囲むように

4匹の水蚕が空に向かって糸を吐いている

൦൨൦

くしゃくしゃに丸めたどら焼きを観音開きにひらくと折り鶴のゑみの花びらが膨らむ

両手を上げて　音が聞こえた方から　やをら落ちにければ
花びらをたなそこに　受く

(4　5　6)

ヒコバの針で　梵論梵論のグラフィティ　刺繍して　い　く
ひかりもの《イワナ》（Windows11）の痕跡

階段を上がった　　　　(６　０　３)

水蚕によって撓む柱から鼈空飴の中に鶴花参が羽ばたく音素を聞いた

海原に針を刺し　水糸とヒカリを縫い込む　シモンの手

光を受けてキラキラ輝く䳚の露とふわふわに泡立つ十二単衣が打ち寄せる波　間の素描

「laugh and grow fat」

それを見るたびに

それを見ることができたのは

ケポトッタの円窓からシニョンに纏めた白い髪の少女が静かに眺めている

硝子玉をポケットから取り出そうとする
放射状に床にこぼれていった
ミドリの瞳の中に無数の色が映えた
鈴の音を鳴らすように逃げていく

二階の部屋の中は水蚕の繭でいっぱいになった
その時期は決まって「雨」がしばらく続いた

水蚕のフンと人間の尿を土の中
に置いておくと水硝ができた
人工の硝子のようなもので、そ
れにRINsgou苔を加えると数字
のネオンが(３４６)浮かび上が
る脈打ち始めヤクブがよく熱
した金槌で砕いていくとみず
びたしのヒコバの針はできた

シモンがヒコバの針と　水糸を手にしていた
水繭は　中有に浮か　ぶ

　　タ　トロッタ柱のポケットを布地に縫い付ける
そこから薇ミミズを取り出す　　円い酸蕾をいっぱい詰め込んでいた　ケポトッタの円窓
　黒ト留ュフ　踊り疲れたように水が溢れだす　ウタ　タネ韻を　踏んで転がる　ル　光のソラ音

小さなthe first flower peopleがタロット　カードをシャッフルしている
カードの山を目の前に裏向きにおいて、両手でぐちゃぐちゃに崩し、時計回りに回しカード全体を混ぜていく

Side-Qの断片とsuicide-Rを縫合する

センリツの横顔にシトラスを並べる

百式

屋根の隙間から星の光は落ちてゆく

やわらし、ヤードバーズの（酸素の跡）河岸に打たれた　纐纈染の金魚にひっかかって逡巡している　手　のなかで　髪のほつれ毛　（聴色の）光のようなも　のが　より　遠くにゆこうとして　通り過ぎ　る

金管楽器の蛍岩が薫る

曲がる　パンダの月日貝、

羽音　／　かたゐ

まなうらの葉裏《ふぷ》の「ゆうれい」と呼ばれているものがこちら側を首を傾げながらじっと見つめている
隔てるもの
苔テラリウムの／ガラスをすり抜けてこちら側にやってきた
LEDのライトを、百年前の少女の髪に泣いた、烏賊り簪を祖母の手が宥めるようにやさしくかざした、（生毛）
AR、当てる苔テラリウム、それを覗いている石屋の子供、

（石切りノミの音

キラー・カール・クラップ

011

「つまらないことでもくったくなく笑うんだよ」

今朝食べた食パンはアヤコさんの手作りだったけど、パンの上に虹が描かれていた
それを齧りながら、先生の笛の音はどうして美しいのか考えていた

鼓先生は、鼓という名前がついているけど、実は篠笛の先生だ

「箱を開けてはいけないよ」

祖父が亡くなったあと、暗い納屋で箱に手を伸ばしている私の背後から誰かが声をかける
まぶたに手が覆いかぶさった

「桜に幕」

箱を開けると自分が消えてしまうことには気づいていた

「裏切り者」と罵られた気がしていた

鼓先生が分裂したおはぎ猫の片割れの温室を湖に飛ばすというのでついて行くことにした
鼓先生はとてもゆっ（ぽ）くりと歩く
直線的な時間の意識が消えていく
私はその横で同じようにゆっくり歩くけど、ゆっ（ぽ）くりにはならない
眼帯をつけたコンペイトウを三粒ほど口にほうって
「風　雪　之　翔　自撰　幽寺　頂蝶　」
という文字の書かれた和紙を水につけた
流れていく墨の文字
残された言葉は「雪」という言葉で文字は蛭のようにクネクネと分かたれると「雨　ヨ」という言葉になった
「雨よ?」
宙を割くようにおはぎ猫の片割れの温室を湖の上に置くと観自在植物の芽が伸び　てい　く（ほ?）
　対象と自分との距離・時間を計算すること空間と時間を認識することでキミがそこに咲いていることを知る

消える花札

着物の裾からのぞく草履が重力に従い流線形を描いていたのは
偶然ではなかった
落ちていくときに浮力を伴い、一時停止し、少しだけ浮いていた
（フワウア）その時の写真を誰が残していたか
手を合わせたようにも見えた（アワワワ）
まだ、幼虫の水蚕が葉っぱの上で（砂がふりおちる）水の糸を吐いていた

箱を開けたのは、たぶん、あなたで
小さな地蔵が祀られている松の木三本生えた　岬の突端で潮風をうけている　液晶ディスプレイを指でスライドしながら
箱の中に入っていたのは、
イコンの水素が　くるくる回転している　見上げるホノカの眼の中に　花の簪を挿した　少女がドローンのこきりこを打ち鳴らし　さわると澄ました顔をして去っていく
「なぜ私ではなくてあなたが」
「はじめから憎しみなどなかった」
といいなり屋のお婆さんに愚痴っていた船頭の声がグミのようにのびていくのを聞きながら
木から飛び降りたのは、石屋の子どもで、両手をはたとひろげて足を揃えて着地する
マスクをしたままのドヤ顔でこっちを見た

さいな沢　しっぽ　ぽのか　かいななれ
これは後日談。

イコンの水素が　くるくる回転している　見上げるあなたの眼の中に　花の簪を挿した　少女がドローンのこきりこを打ち鳴らし　さわると澄ました顔をして去っていく　ふわ　ふわの　おはぎの猫のしっぽが　ホノカの顔を撫でてい　た
「花もなほ」
神社の鳥居のよこに　VOCALOIDの花が咲いていた　その花を摘む指先が紙のように白くて
「こきりこの竹は七寸五分じゃ・・・」
いなり屋のお婆さんが「おあつうございます」と　い　なりを転がして2匹に分裂していく猫に与え　た　ある啓示

Innocent/水蚕ノ伝

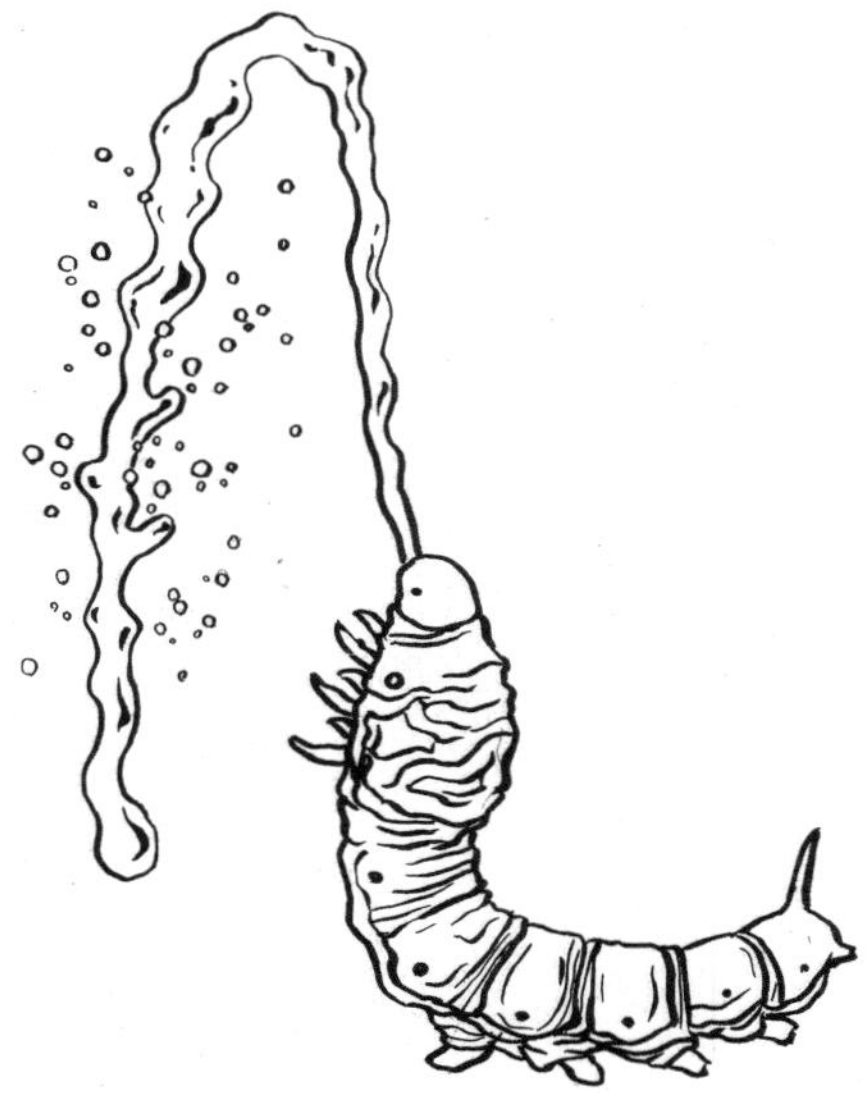

า

装画　逆柱いみり
装釘・本文レイアウト　山本浩貴＋h（いぬのせなか座）

contents

1

2

3

4

sleeping cloth
スリー ピング クロス

ping cloth sleepin
ングクロス スリーピング
み 田中さとみ
Satomi
Tanaka

田中さとみ

左右社